Volkmar Nebe · Unter Wasser spielt keiner Cello!

Volkmar Nebe

UNTER WASSER SPIELT KEINER CELLO!

Kriminalroman

Tatort: Norddeutschland

Verlag Michael Jung
Kiel

Titel- und Autorenfoto: Michael Jung

1. Auflage 1992

Gesamtherstellung: Hans Kock Buch- und Offsetdruck GmbH, Bielefeld
ISBN 3-923525-89-3

Das nordfriesische Wattenmeer lag kühl und grau im Novembernebel. Die ganze Landschaft wirkte schwer und unbeweglich, wie betäubt. Es war absolut windstill.
Der Intercity „Theodor Storm“ ratterte über den Hindenburgdamm zwischen Sylt und dem Festland. Maike Lorenzen hatte ihr Gepäck ins Abteil gelegt und stand im Gang. Allzugerne hätte sie sich eine Zigarette angesteckt, aber sie hatte das Rauchen erst ein Jahr zuvor aufgegeben. Jetzt wieder anzufangen, wäre eine zu große Niederlage gewesen. Sie öffnete das Fenster.
Salzige, kalte Meeresluft strömte ihr entgegen.
Damit ihre Haare im Fahrtwind nicht zu sehr durcheinandergewirbelt wurden, trat sie einen Schritt zurück. Im Abteil hinter ihr saßen zwei Soldaten, die laut dröhnend über irgendetwas lachten. Als sie sich wieder auf ihren Platz setzte, wurden die beiden sofort still.
Maike Lorenzen lächelte.
Wahrscheinlich hatten sie gerade irgendwelche Zoten gerissen. Sie wußte, wie sie im allgemeinen auf den ersten Blick wirkte: Kühl, diszipliniert, unnahbar. Maike wurde schon als Teenager von fast allen Fremden gesiezt, was wohl an ihrer Größe, schon damals einen Meter achtzig, gelegen haben mochte. Sie trug neue, schwarze „worker-Jeans“, eine Bluse, altweiß mit schmalem Kragen und eine braune Lederjacke. Aber diese Kleidung wirkte bei ihr nicht sportlich oder lässig, ihre Körperhaltung drückte Beherrschung aus, sie besaß so eine stolze Art, den Kopf zu halten; auch auf den unbequemen Zugsitzen wurde ihr Rücken niemals rund, der Oberkörper ruhte immer fest und kerzengerade im Becken.

Andererseits besaß sie auch die besondere Gabe, ihren Körper, ihre Mimik gezielt einsetzen zu können und dabei sogar herzlich zu wirken. Freundlichkeit wirkte bei ihr auch dann nicht aufgesetzt, wenn sie reines Kalkül war. Fürs Geschäft brachte dies eine Menge Vorteile.

Maike Lorenzen war zweiunddreißig Jahre alt und besaß einen Antiquitätenladen in Keitum auf Sylt. Sie hatte sich vor allem auf den Verkauf von alten, friesischen Kacheln spezialisiert, die sie aus Abbruchhäusern in Holland, Ost-und Nordfriesland auftrieb: Ihre Sylter Klientel ließ sich nicht selten ganze Wohnzimmerwände verkacheln, die Nachfrage war kaum zu bewältigen. Für besondere Kunden, und das waren bei den häufig sechsstellig dotierten Aufträgen fast alle, gab sie beim Abschluß eines Geschäftes japanische Essen in ihrer Wohnung hinter dem Laden. Sie genoß es immer wieder, wenn die Mischung aus friesisch-blauen Kacheln und karger, aber ausgesuchter japanischer Inneneinrichtung in ihrem Reetdachhaus bestaunt wurde. Und natürlich war es für die Kunden auch etwas Besonderes, beim Essen auf dem Boden zu sitzen.

Sie erzählte dann immer gerne von Kyoto: Das mehrmonatige Leben in einem Zen-Kloster habe ihr Leben tiefgreifend geprägt. Sie sei immer bestrebt danach, eins zu werden mit ihren Zielen, so wie die Bogenschützen des Zen . . .

Zen und friesische Kacheln.

Das galt als exotisch, ohne aufdringlich zu sein. Die Sylter Prominenz lud sie gerne ein, bei allen „wichtigen“ Festen war sie dabei. Klar, daß sich aus persönli-

chen Kontakten auch immer wieder geschäftliche Aufträge ergaben. Aber je mehr Leute sie kennengelernt hatte, desto mehr war auch ihr Privatleben verschwunden. Es gab keinen Feierabend, kein Abschalten mehr.
Allein das ganze Gerede um Zen und Japan: Die japanische Tempelstadt Kyoto hatte Maike besucht, als sie, achtzehnjährig, an einem Musikwettbewerb der „Yamaha"-Heimorgelschulen teilgenommen hatte. Zwar hatte sie unter fünfzig Teilnehmern aus der ganzen Welt immerhin den zwanzigsten Platz gemacht; derartige Erfolge waren auf der Insel aber eher peinlich, denn Heimorgeln waren für ihre Klientel eine Art „Spielautomaten für Lohnsteuerzahler". Die Wochenendhausbesitzer auf Sylt stellten sich, ohne mit der Wimper zu zucken, einen sechzigtausend-Mark-Flügel ins Wohnzimmer, auch wenn sie nicht mehr als den „Flohwalzer" darauf spielen konnten.
Maike Lorenzen hatte sich im Laufe der Jahre ein bißchen Wissen über Zen-Buddhismus angelesen (eine diffuse Mischung aus Suzuki, Hermann Hesse, Janwillem van de Wetering und verschiedenen Japan-Reiseführern) und mit ihren oberflächlichen Ortskenntnissen von Kyoto zu einer Legende aufgebaut. So künstlich ihr nordfriesisch-japanisches Image konstruiert war, so erfolgreich war es, privat wie geschäftlich. Maike machte sich damit schnell bekannt auf Sylt.
Inzwischen lebte sie über sieben Jahre dort.
Manchmal hätte sie die japanischen Möbel am liebsten in den Kamin geworfen. Aber das mühsam aufgebaute Image bot ihr andererseits auch Sicherheit.
Und die wollte sie auf keinen Fall verlieren.

Weder geschäftlich noch privat.
Niemals.
Der Zug hielt kurz in Niebüll.
Maike Lorenzen fragte den einen Soldaten, einen jungen Kerl mit einem flausigen Oberlippenbart, nach einer Zigarette.
Er bedauerte, Nichtraucher.
Maike ging wieder auf den Gang.
Der Zug würde gegen 11 Uhr in Hamburg sein.
Sie merkte, daß sie noch nichts gegessen hatte.
Die Sache in Hamburg würde sich nicht so einfach abwickeln lassen wie ihre sonstigen Geschäfte. Die meisten ihrer Kunden waren, was Kacheln anbelangte, Laien, denen man im Prinzip alles erzählen konnte: Hatten sie persönliches Vertrauen zu einem, glaubten (und kauften) sie alles. Aber dieser Robert Vogel, zu dem Maike fuhr, war ohne Zweifel ein Profi, dem man nichts vormachen konnte. Und es ging um Macht, viel Geld und ein Menschenleben. Da würde sie mit ihrer sonst so routinierten Art nicht weit kommen.
Das machte ihr Angst.
Robert Vogel war der persönliche Referent und Berater von Dr. Brockstedt.
Dieser verdammte Brockstedt!
Hätte sie bloß nie von ihm erfahren . . .
Der Mann war Abgeordneter im Landtag, besaß einen Gutshof an der Schlei, wohnte aber die meiste Zeit des Jahres in seiner Kieler Jugendstilvilla am Niemannsweg. Von dort aus ging er nicht länger als zehn Minuten durch das Düsternbrooker Gehölz zum Landtag und den Ministerien.

Maike hatte ihn tagelang observiert.
Sein selbstzufriedenes Gesicht hatte sich tief in ihr Inneres hineingefressen. Er sah noch schlimmer aus als in ihren Träumen und Phantasien: Ein aufgedunsener, fetter Mann um die Fünfzig, der es weit gebracht hatte in seinem Leben. Zwar war er in einige Finanzskandale und -skandälchen verwickelt gewesen, aber die hatte er alle unbeschadet überstanden. Dr. Brockstedt war jemand, der in den entscheidenden Momenten immer Rückendeckung von „ganz oben" bekommen hatte.
Aber in dieser Angelegenheit würde ihm selbst das nichts mehr nützen, und das wußte er natürlich ganz genau.
Maike hatte sich vorgenommen, Brockstedt zu töten.
Sie hatte ihm eines Morgens im Düsternbrooker Gehölz aufgelauert. Aber als sie aus ihrer sicheren Position das Jagdgewehr auf ihn angelegt hatte, fiel ihr auf, daß es viel zu einfach gewesen wäre, ihn wie ein Stück Wild kommentarlos abzuknallen.
Nein, Dr. Peter Brockstedt sollte wissen, worum es ging. Deshalb hatte sie nur zwei Schuß vor seine Füße abgegeben und war schnell verschwunden. Brockstedt hatte sich flach auf den matschigen Boden geworfen, er mußte einen fürchterlichen Schreck bekommen haben.
Maike fuhr durch bis zum Hamburger Hauptbahnhof.
Dort war es laut, kalt und hektisch.
Auf einer riesigen Leuchtwand wurde immer neue Reklame für irgendetwas gezeigt.
Gerolsteiner. Sein Erfolg ist der Geschmack.
Zwischendurch ein paar stilisierte Gläser und eine Flasche Mineralwasser. Der Spruch hätte besser auf ein

Emailleschild um die Jahrhundertwende gepaßt, als auf eine derartige Leuchtwand, fand sie. Technik allein konnte Kreativität eben nicht ersetzen, das beruhigte sie ein bißchen.
Bild der Frau — für die Frau von heute.
Das klang abgestanden, nach Fünfziger Jahre und Wochenschau. Fiel den Werbefritzen denn absolut nichts Originelles mehr ein?
Ein schmächtiges Mädchen mit verfilzten blonden Haaren sprach Maike an. Sie hätte ihre Fahrkarte verloren und bräuchte nur noch fünf Mark, um eine neue zu kaufen, dann könnte sie endlich nach Hause fahren.
Maike glaubte ihr kein Wort, drückte ihr aber trotzdem etwas Kleingeld in die Hand. Wenn sie das Geld für Heroin brauchte, war es besser zu betteln, als auf den Strich zu gehen, dachte sie und eilte zum Taxistand.
Der Fahrer, ein älterer Mann mit Prinz-Heinrich-Mütze, sabbelte sie sofort voll.
Steuererhöhung, Diäten der Abgeordneten, und wer bezahlt' s am Ende? Maike wußte es schon, jawohl:
Der kleine Mann auf der Straße! Aber kommst ja nich gegenan. Die machen ja doch, was sie wolln!
Maike bat den Fahrer, seine Zigarette auszumachen. Daraufhin wurde der richtig sauer.
Sein *Dokter* hätte gesagt, ein, zwei am Tag würden gar nichts schaden, im Gegenteil, das würde den Kreislauf anregen, und außerdem . . . Der Mann redete ohne eine Pause, bis er endlich vor den Hochhäusern am Mundsburger Damm hielt.
Maike Lorenzen gab ihm kein Trinkgeld.

Als sie ausstieg, merkte sie, wie ihr Mund trocken wurde. Die beiden Hochhäuser wirkten bedrückend auf sie, anonym und erschreckend neutral. Aber deswegen hatte sie diesem Treffpunkt schließlich zugestimmt. Sie fuhr mit dem Aufzug in den siebten Stock und starrte die ganze Zeit auf den Knopf mit der Aufschrift „Nothalt".

Oben drückte sie den Klingelknopf neben dem Schild „Robert Vogel, Unternehmensberatung".

Die Tür wurde sofort aufgerissen.

Vogel sah wirklich schlecht aus, fand sie: Ein bulliger, breitschultriger Mann, etwa Mitte vierzig, ungefähr so groß wie Maike. Er trug einen zerknitterten, dunkelblauen Nadelstreifenanzug und ein weißes Hemd, das oben offenstand.

Dunkelblauer Anzug und kein Schlips, das geht einfach nicht, dachte Maike und in dem Zusammenhang fiel ihr auch seine altmodische Brille auf: Tropfenform in Silber eingefaßt, die sogenannte „Pilotenbrille". Galt in den Siebzigern als sehr modernes Männergestell.

Wie gesagt, in den Siebzigern . . .

Vogel bat sie höflich hinein und schloß dann die Tür. Maike wollte gerade den Mantel ablegen, als der Mann sie schnell am Körper abtastete. Natürlich nicht, ohne an ihrem Busen herumzufummeln.

„Schwein!" zischelte sie und entschied, ihren Mantel nicht auszuziehen.

„Reine Sicherheitsmaßnahme, das müssen Sie verstehen", wehrte Vogel ab, „nach allem, was passiert ist . . ."

Maike schaute sich im Raum um.

Es war ein großer Raum, ohne Vorzimmer.

Die wenigen Schreibtische und Stühle waren in Plastikfolien verschweißt. Durch die breite Fensterfront drang das Tageslicht grell und unbehindert in den Raum. Über einem unausgepackten Schreibtisch hing ein Mobile von der Decke herab, fünf himmelblaue Emaillefische, die an Nylonfäden befestigt waren. In dem sonst noch nicht eingerichteten Raum wirkte das merkwürdig, fast störend. Robert Vogel hatte die abschätzenden Blicke Maikes genau registriert.

„Tja, wir sind erst dabei, diesen Raum einzurichten. Vorher hatten wir unser Büro am Gänsemarkt, aber die haben unsere dortige Miete versechsfacht, das müssen Sie sich mal vorstellen, *versechsfacht* , da haben wir uns was Neues gesucht. In 14 Tagen ziehen wir hier ein."

Maike zuckte gleichgültig mit den Schultern.

Es behagte ihr gar nicht, daß das Büro ungenutzt war.

Vogel spielte den Sanften.

„Entschuldigen Sie bitte, ich rede hier gleich auf Sie los, aber ich bin noch etwas überwältigt!"

„Überwältigt?"

„Ich hatte Ihr Aussehen vergessen, Maike."

„Sie . . .kennen mich? Ach ja, Sie müssen mich beobachtet haben, schon auf der Insel, nicht wahr?"

Maike fühlte sich wie gelähmt.

Vogel spürte das offensichtlich. Es schien ihm Spaß zu machen. Seine freundliche, unverbindliche Art wirkte plötzlich wie eine unergründliche, boshafte Maskerade. Immerhin war dieser Mann der persönliche Referent und Berater von Dr. Brockstedt, also dem Mann, auf den sie geschossen hatte. Brockstedt hatte als erstes *sie* in Verdacht, das hatte sich Maike auch sehnlichst erhofft.

Er hatte sich sofort erinnert, dieses Schwein!
Sicherlich hatten die beiden eine Menge Material gegen sie gesammelt. Als alteingesessener Politiker mit vielen, langjährig gewachsenen Beziehungen und Freundschaften, konnte Brockstedt praktisch jede Computer-Datei anzapfen, um an Informationen über jemanden zu kommen: Bankkonto, Kreditkartenabrechnungen und Steuererklärung. Oder Unterlagen der Krankenkasse, die alleine langten ja schon („das ist ja eine interessante Krankheit, die sie da letztes Jahr hatten, psychische Überlastung . . .Und können Sie nach dem Eingriff an der Gebärmutter überhaupt noch Kinder bekommen?“). Es war ein leichtes Spiel, jemanden mit diesen Informationen unter Druck zu setzen. Dr. Brockstedt hatte noch zusätzlich bei Maike einbrechen und persönliche Unterlagen stehlen lassen: Pläne seines Hauses in Kiel-Düsternbrook, Beobachtungsprotokolle seiner Gewohnheiten, Kopien von Jugendamtsakten, die sie gar nicht besitzen durfte.
Maike hatte mit ihren Schüssen etwas in Gang gesetzt, das nicht mehr rückgängig zu machen war. Vogel sollte ihr wohl im Namen von Brockstedt ein Angebot machen, finanziell oder sonstwie; sie wollte vor allem herausbekommen, was Brockstedt vorhatte und wie weit er gehen würde. Deshalb hatte sie sich überhaupt auf das Treffen mit seinem persönlichen Referenten eingelassen.
„Wichtig ist, und das darfst du nie vergessen, daß ich dir helfen will!“
„Was?“
Daß Vogel sie duzte, war ein schlechtes Zeichen.
„Es geht um ein Prinzip unseres Staates, eigentlich

jedes Rechtsstaates, ‚Gemeinnutz geht vor Eigennutz'. Steht sogar in unserem Grundgesetz."
„Und?"
Maike lief rot an vor Wut.
Vogel grinste.
„Sieh mal, Dr. Brockstedt ist ein wichtiger Mann im Landtag. Er sitzt im Untersuchungsausschuß für den Bestechungsskandal, ist seit 25 Jahren Vorsitzender in der Kommission für Jugendangelegenheiten in seiner Partei. Stell' dir vor, er würde zurücktreten müssen . . ., das wäre ein Schaden fürs ganze System, verstehst du? Für die *Demokratie*. Dr. Brockstedt nützt der Allgemeinheit, uns allen . . ."
Maike hörte nicht mehr hin.
Sie wollte die ganze Geschichte am liebsten auf der Stelle wieder vergessen. Nur wenn sie *nicht* daran dachte, ging es ihr gut.
Maike Lorenzen war bei Adoptiveltern in Waygaard/ Nordfriesland aufgewachsen. Irgendwann hatte sie sich auf die Suche nach ihren leiblichen Eltern begeben. Zuerst nur aus Neugier, denn sie verstand sich eigentlich mit ihren Adoptiveltern sehr gut. Trotzdem wollte sie genauer wissen, woher sie kam und warum ihre Mutter sie weggegeben hatte.
Und sie war fündig geworden!
Eine Freundin beim Jugendamt besorgte ihr die Akten. Ihre Mutter war ein Heimkind gewesen und mit fünfzehn schwanger geworden, Vater angeblich unbekannt. Ihre Mutter war seit vier Jahren tot, gestorben an einer Überdosis Heroin.
Sie recherchierte verbissen weiter, lernte Freunde und

Nachbarn ihrer leiblichen Mutter kennen, die sie mehr oder weniger unauffällig ausfragte.
Es stellte sich heraus, daß ihr Vater der Heimleiter jenes Heimes gewesen war, in dem ihre Mutter aufgewachsen war.
Sein Name: Dr. Peter Brockstedt.
Er hatte ihre Mutter brutal vergewaltigt.
Mehrmals.
Als ihre Mutter schwanger geworden war, wurde sie in ein anderes Heim gesteckt und das Kind, *sie*, *Maike*, zur Adoption freigegeben.
Als sie davon erfuhr, löste das erst einmal ungeheure Gewaltphantasien gegen diesen Mann aus. Sie hatte sofort damit begonnen, Brockstedt zu observieren. Alles wollte sie wissen von seinem Leben. Aber der Haß hatte ihr die Kraft für alle anderen Dinge genommen, ihr Alltag war vollkommen auseinandergefallen, nichts ging mehr.
Nach den Schüssen auf Brockstedt wollte sie so weit weg von der Geschichte wie möglich. Sie merkte, daß alles, was sie gegen Brockstedt plante, auch ihr eigenes, mühsam aufgebautes Leben, zerstörte.
Aber das war nun zu spät.
Brockstedt hatte seinen Mann „fürs Grobe" auf sie angesetzt.
Er wollte mit allen Mitteln verhindern, daß noch mehr Staub um die Sache aufgewirbelt wurde.
Dabei hatte Maike noch nicht einmal gerichtsverwertbare Beweise in der Hand. Alles, was sie wußte, basierte auf Zeugenaussagen von Leuten, die sie für glaubwürdig hielt: Eine alte Hebamme, die ihr auf die Welt gehol-

fen hatte, und die beste Freundin ihrer Mutter. Leider hing die auch an der Nadel.
Robert Vogel drückte Maike eine Akte in die Hand. Sie setzte sich auf die Kante eines Schreibtisches und blätterte sie kurz durch.
Die beiden hatten mehr Material gesammelt, als sie erwartet hatte. Sogar persönliche Briefe ihres Freundes waren darunter, in denen er ihre sexuellen Schwierigkeiten miteinander ausführlich darlegte (diese Stellen hatte jemand mit einem Textmarker besonders hervorgehoben und pornografische Figuren an den Rand gekritzelt — Brockstedt? Oder Vogel?).
Brockstedt mußte eine wahnsinnige Angst haben, wenn er einen derartigen Aufwand betrieb. Maike wußte nicht mehr, wie sie sich Vogel gegenüber verhalten sollte. Sie wurde ein bißchen rot.
Das passierte ihr sonst so gut wie nie.
Zum Glück klingelte es an der Tür.
„Ach, das wird der Kurierdienst sein", murmelte Vogel, stand auf und ging hinaus. Nach einem kurzen Moment kam er mit einem Boten wieder, der eine riesige Torte auf den Couchtisch stellte.
Maike musterte den etwa gleichaltrigen Mann.
Er hatte verquollene Augen und sah ein bißchen verschlafen aus. Irgendwie schien sie ihm auf Anhieb zu gefallen, das spürte sie.
„Helfen Sie mir!" sagte sie etwas zu leise in seine Richtung.
„Wie bitte?"
Maike räusperte sich und wiederholte noch einmal lauter: „Bitte helfen Sie mir! Dieser Mann hat mir wichtige

Papiere gestohlen. Ich weiß nicht, was er mit mir vorhat, aber ..."

Vogel hatte seine Hand auf die Klinke der Eingangstür gelegt. Seine Gesichtszüge erstarrten.

Der Bote zog die Augenbrauen hoch.

„Hören Sie, wenn Sie Schwierigkeiten haben, bin ich nicht dafür zuständig. Ich will keinen Ärger haben!"

Dann ging er an Vogel vorbei und sagte, daß er allein hinausfinde.

Vogel nickte erleichtert und kam langsam auf Maike zu, die sich seufzend auf einem Schreibtischstuhl zusammenkauerte. Es war unmöglich zu ergründen, was er nun vorhatte. Er schien nur zu warten, bis der Bote die Tür verschlossen hatte. Maike überlegte, ob sie laut schreien sollte.

Dann stand der Bote plötzlich wieder im Raum: Er hatte die Eingangstür nämlich nicht einschnappen lassen.

Vogel schrie ihn an, er solle sofort verschwinden.

Der Bote lachte nur, steckte sich eine Zigarette an und stellte sich hinter den Stuhl, auf dem Maike saß.

„Nix für ungut, ich habe gleich gemerkt, daß du hier an eine reichlich merkwürdige Type geraten bist", sagte er ruhig und ließ Vogel nicht aus den Augen. „Also, was ist hier nun los?"

Ab da ging alles sehr schnell.

Robert Vogel schoß wütend auf die beiden zu. Maike sprang schnell beiseite und riß dabei ihren Stuhl um. Vogel trat dem Boten mit dem Fuß in den Bauch. Der Mann sackte nach vorne. Nun stürzte sich Maike von hinten auf Vogel und versuchte, ihn zu würgen. Vogel hatte jedoch kaum Mühe, sich ihrem Griff zu entziehen.

Er drehte sich und trat Maike brutal in den Unterleib. Sie ließ sich sofort auf den Boden fallen. Zum Glück war der Bote schon wieder auf den Beinen. Er hatte das Fischmobile von der Decke gerissen und hielt einen Nylonfaden in der Hand, an dem zwei azurblaue Emaillefische befestigt waren. Vogel versuchte einen Kinnhaken zu landen, aber der Bote wich geschickt aus, drehte seinen Gegner mit dem Rücken zu sich und legte ihm blitzschnell den Nylonfaden um den Hals.
Die beiden gingen zu Boden.
Der Bote ließ nicht locker.
Vogel lief rot an und zappelte wie verrückt. Maike kroch heran und half, den kräftigen Mann festzuhalten.
Der Bote zog die Schnur immer enger.
Auch dann noch als Vogels Körper schon erschlafft war.
Irgendwann ließen beide im selben Moment los.
„Wie geht es dir?“ fragte der Bote.
„Wird schon wieder“, stöhnte Maike und starrte auf den Körper Vogels, der seltsam zusammengekrümmt auf dem Teppich lag.
„Was ist mit ihm?“
„Tot.“ Der Bote zündete sich eine Zigarette an und stand auf. „Wir müssen hier verschwinden.“
Maike war froh, daß er nicht die Polizei rufen wollte. Jetzt mußten noch ein paar wichtige Dinge geregelt werden. Sie schnappte sich ihre Akte, überlegte zusammen mit dem Boten, was sie beide alles angefaßt hatten und verwischte dann schnell ihre Fingerabdrücke.
Im Treppenhaus war alles ruhig.
Der Aufzug stand auf ihrer Etage. Zu ihrem Glück war die Kabine leer. Vor dem Hochhaus stand, mit einge-

schaltetem Warnblinker in der zweiten Reihe geparkt, der kleine Fiat-Panda des Boten. Auf dem Dach war eine senkrechte Werbefläche montiert, auf der in riesigen Lettern — rot eingerahmt — die Schlagzeile einer Boulevardzeitung prangte:
„*Zahnarzt biß Hund tot* !"
„Ich heiße übrigens Wolfram Karg", stellte sich der Bote vor und fuhr ohne zu blinken auf die Fahrbahn.
„Angenehm, Maike Lorenzen", antwortete sie. Nach dem was passiert war, wirkte ihre Förmlichkeit geradezu peinlich, und sie merkte das auch sofort. Wolfram Karg schaute mit einem Anflug von Lächeln zu ihr hinüber.
Sie wollten so schnell wie möglich raus aus der Stadt, aber die Straßen waren hoffnungslos verstopft vom Berufsverkehr. Die Enge überall und das langsame Vorankommen machte Maike nervös. Sie wäre lieber alleine weggefahren. Diesem Karg fühlte sie sich nun ebenso ausgeliefert wie eine halbe Stunde zuvor Robert Vogel.
Der Bote hatte den Mann *umgebracht* !
Andererseits wäre sie vielleicht nicht mehr am Leben, wer wußte das schon . . .
„Wir können erstmal nach Keitum in mein Haus fahren", schlug Maike vor und schnallte sich an.
Wolfram Karg war wie verliebt.
Die Sache mit diesem Vogel war wirklich nicht schön gewesen, aber er hatte das eigentliche Opfer, Maike Lorenzen, gerettet. Und nun, an einem ganz normalen Mittwochnachmittag, war er auf dem Weg nach Sylt! Nun würde sich einiges ändern in seinem Leben: Er und

Maike waren durch ein gemeinsames Schicksal aneinander gebunden. Schon lange hatte er nicht mehr so ein intensives Gefühl von Nähe erlebt.
Kurz vor Itzehoe hielt er an einer Esso-Tankstelle und kaufte eine Flasche „Jägermeister". Als er drinnen zahlte, schaute Maike ihn sich zum ersten Mal bewußt an. Karg war nicht sehr groß, allerhöchstens einsfünfundsiebzig. Sein kurzgeschnittenes, strähniges Haar hatte er offensichtlich längere Zeit nicht gewaschen. Er trug einen olivfarbenen Bundeswehr-Parka und ein blauschwarz-kariertes Filzhemd. Seine auffallend dünnen Beine, die in einer ausgewaschenen, viel zu weiten Jeans steckten, mochten nicht so recht zum aufgeschwemmten Gesicht mit den wäßrigen blauen Augen passen.
Als er wieder ins Auto stieg, nahm er einen kräftigen Schluck. Dann bot er Maike die Flasche an. Die lehnte angewidert ab und bemerkte, daß es wohl besser sei, wenn sie das Steuer übernähme. Karg hatte nichts dagegen.
Nachdem sie die Plätze getauscht hatten, kurz bevor Maike den Motor starten wollte, drehte sich Karg zu ihr hin und legte seine rechte Hand auf ihr Knie.
„Ich möchte dir einen Kuß geben", verkündete er feierlich.
Maike war entsetzt.
Karg war sehr aufgeregt.
Er beugte sich vor und küßte sie feucht auf den Mund. Maike hielt still und konzentrierte sich darauf, ihren Magen unter Kontrolle zu halten. Karg roch penetrant nach Alkohol, Schweiß und billigem Zigarettentabak.

„Ich habe immer davon geträumt, daß ich einer schönen Frau das Leben rette, und sie mich dafür küßt, so kitschig das auch klingt. Und heute ist es wahr geworden."
Maike sagte nichts dazu und fuhr los.
Sie beschloß, sich nicht anzuschnallen. Schon jahrelang war sie nicht mehr ohne Gurt gefahren. Es war ein befreiendes Gefühl.
Je näher sie zur Westküste kamen, desto stärker zerrte der Wind an dem Panda. Immer wieder wurde der kleine Wagen von unvorhersehbaren Turbulenzen in Richtung Straßenrand oder auf die Gegenfahrbahn gedrückt. Karg schien das nicht zu beeindrucken. Er redete in einer Tour: Sein Politikverständnis, die Medien, insbesondere das Fernsehen und die Anmaßung der Musikkritiker im allgemeinen.
„Typische Berufskrankheit", sagte er und setzte die Flasche zum dritten Mal an den Hals.
„Was?"
„Na, das Saufen."
„Jaja . . ." Maike nickte ihm müde zu.
„Eigentlich bin ich Cellist, weißt du, sieben Jahre Staatsorchester in Oldenburg. Das Problem bei dem Job ist, daß du nach der Abendvorstellung nicht schlafen kannst, weil du dann noch so aufgedreht bist. Und was machst du, um runterzukommen? Na, saufen natürlich. Erst ein, zwei Wodka und dann immer mehr. Du merkst im Laufe der Zeit gar nicht mehr, wie die Droge dich in den Griff bekommt. Tja, und dann kommen irgendwann die Ausfälle, immer mehr Patzer, du verpaßt einen Einsatz nach dem anderen, und irgendwann ist es dir auch scheißegal. Dann kommt natürlich der Rausschmiß. Ich

habe ein Quartett gegründet für „Moderne Musik“. Wir waren wirklich gut, aber völlig erfolglos. Zum Schluß habe ich Cellounterricht an einer Waldorf-Schule gegeben, bevor ich Bote geworden bin. Immerhin kann ich mir so meinen Alkohol selbst finanzieren und muß nicht beim Staat oder sonstwo betteln. Ich habe mir gestern überlegt, mein Cello zu verkaufen, was soll ich noch damit? Das Teil ist immerhin an die sechzigtausend wert.“

Maike gähnte.

Dieser Karg kam ihr gleich so vertraulich, sie fühlte sich dadurch immer weiter in die Enge getrieben. Das Töten schien den Mann in eine regelrechte Euphorie versetzt zu haben. Wie sollte sie diesen Menschen nur wieder loswerden?

Sie versuchte, das Gespräch höflich und unverbindlich weiterzuführen.

„Ich spiele übrigens Querflöte“, sagte sie.

„Wie gut?“ schnarrte Karg, ungewohnt streng.

„Ich habe die Aufnahmeprüfung an der Hamburger Hochschule für Musik mit „1“ bestanden, wenn das was heißt.“

Daraufhin schwieg Karg.

Maike war das unheimlich, aber sie sagte nun auch kein Wort mehr. Ihr fiel auf, daß Karg während der Fahrt nicht das Radio angestellt hatte.

Karg leerte nach und nach die Flasche „Jägermeister“.

Kurz hinter Bredstedt bog Maike von der B 5 ab und nahm die Nebenstrecke über die Köge. Der Fiat war bei dem starken Wind mit Vollgas mal gerade auf siebzig zu bringen. Ungeheure Regenfluten brachen über die

Straße herein, die Scheibenwischer schafften es kaum, die Scheibe frei zu halten.
Maike fuhr über weite Strecken durch die Dämmerung, ohne etwas zu sehen. Pechschwarze Wolken rasten mit schwindelerregender Geschwindigkeit quer über den Himmel, die ganze Landschaft war in Bewegung, es gab kaum noch feste Punkte, an denen man sich orientieren konnte.
Maike wußte auch ohne Tidenkalender, daß eine Springflut bevorstand. Sie spürte diese besondere Stimmung, die nicht vom Wetter herrührte. Etwas, das man nicht beschreiben konnte, das aber jeder wahrnahm, der hier wohnte.
Touristen schwärmten immer von der ungeheuren Weite Nordfrieslands, den großen Himmeln und davon, daß alles so unverstellt sei. Der Mensch auf dem Deich als höchster Punkt der Landschaft. Die Schönheit der Nordsee. Die gemütlichen Reetdachhäuser. Diaschauen in den Ferienorten von Sturmfluten und Landunter auf den Halligen. Und daß die Sturmfluten „Blanker Hans" heißen. Im Reiseführer steht nüchtern, daß bei einer Springflut die Anziehungskräfte zwischen Sonne und Mond am stärksten sind, und dann eine besonders hohe Flut entritt. Aber diese Erklärung sagt nichts über die aufgekratzte Stimmung, in der sich alle unversehens wiederfinden. Bei einer sommerlichen Springflut werden die Menschen immer euphorisch. Die Nordsee beginnt plötzlich unaufhörlich zu rauschen, es ist Vollmond, und man mag gerne draußen sein.
Im Winter ist alles anders, vollkommen anders.

Nordfriesland wird eine der grausamsten Landstriche, die man sich vorstellen kann. Und besonders schlimm ist es, wenn eine Springflut kommt, und zusätzlich noch ein Orkan das Wasser gegen die Deiche treibt. Das, was einen — im wörtlichen Sinne! — gefangen nimmt, ist aber nichts Sichtbares, wie das tobende Meer, sondern etwas, das erschreckend tief in dich eindringt, in den Kopf, deinen Körper, etwas, das du nicht mehr kontrollieren kannst.

Der Wagen schwankte auch auf gerader Strecke so, als läge er in einer engen Kurve. Ein ungeheures Tosen war in der Luft. Gerade, als sie den Hauke Haien-Koog erreicht hatten, fetzte der Sturm das Pappschild mit der Schlagzeile des Tages vom Dach. Beide zuckten zusammen vor Schreck.

„Es ist das erste Mal, daß ich einer Sturmflut von Angesicht zu Angesicht gegenüberstehe", sagte Karg nach einer Weile. „Ich habe da eine sehr seltsame Erinnerung an eine Sturmflut. Das muß 1972 gewesen sein, vielleicht auch 1976. Damals habe ich mit meinen Eltern den Film „Blow up" im Fernsehen gesehen. Ich weiß nicht, ob Du den kennst, die Musik darin ist übrigens von Herbie Hancock. Auf jeden Fall entdeckt ein Photograph auf einem Photo, das er gemacht hat, eine Leiche und in einer Szene kommen irgendwie zwei junge Mädchen zu diesem Photographen und ziehen sich aus. Eine von ihnen ist Jane Birkin, die fand ich damals ganz toll. Die Mädchen wickeln sich in große Tücher ein und spielen zu dritt ein bißchen im Photostudio herum. Plötzlich wird auf dem Bildschirm eingeblendet: ‚An der Westküste Schleswig-Holsteins steht eine schwere Sturmflut bevor. Alle Bewohner der Halligen werden dringend aufgefordert, die Schutzräume aufzusuchen!' So etwas habe ich davor und danach noch nie erlebt im Fernsehen. Mir ist damals richtig ein Schauer über den Rücken gelaufen. Ich muß seitdem immer an ‚Blow up' denken, wenn ich von Sturmfluten höre, und umgekehrt. Und weil ich damals Jane Birkin so schön fand, hat der Begriff ‚Sturmflut' auch immer etwas sehr Erotisches für mich."

Maike hörte kaum hin. Sie mußte sich sehr aufs Fahren konzentrieren, denn bei dem starken Sturm war der Wagen nur mit äußerster Mühe in der Spur zu halten.

„Soll ich bei Schüttsiel mal auf den Deich fahren?" fragte sie.

„Ja, das ist eine gute Idee", antwortete Karg neugierig und ängstlich zugleich. Inzwischen war es dunkel geworden. Die Nordsee peitschte gegen den Deich. Riesige Gischtfontänen spritzten bis auf die Straße dahinter. Karg überlegte, welches Gewicht das Wasser haben mußte, das da unaufhaltsam in Bewegung geraten war. Er hatte zufällig kurz zuvor gelesen, welche ungeheuren Kräfte wirkten, wenn ein vollbeladener Tanklastwagen zum Stehen kam. Nur extrem starke Bremsen konnten verhindern, daß die hin- und herschwappende Flüssigkeit das Fahrzeug nach vorne drückte. Die Gewalt des Wassers, das hier gegen den Deich anging, überstieg jede menschliche Vorstellungskraft.

Maike parkte am Deich und behauptete, daß sie im Wagen bleiben wolle, weil sie keine wetterfeste Kleidung bei sich habe. Karg zog sich die Kapuze seines Parkas über den Kopf und stürmte hinaus gegen den Wind.

Auf die Deichkrone zu gelangen, war mühevoll und anstrengend.
Als er oben war, erschrak er.
Das Mondlicht schien hell auf die rasende Nordsee.
Das brodelnde Meer sah noch brutaler aus, als er es sich jemals hätte vorstellen können. Der Wind zerrte so sehr an seinem Körper, daß es äußerste Kraftanstrengung erforderte, überhaupt stehenbleiben zu können.
Ihm war überhaupt nicht wohl alleine auf dem Deich. Schon nach ungefähr einer Minute beschloß er zurückzugehen.
Als er unten ankam, war der Panda weg!
Immer wieder starrte er auf die Stelle, wo der Wagen gestanden hatte.
Unglaublich, Maike war einfach fortgefahren . . .
Er bekam erst einen heftigen Schweißausbruch und begann daraufhin sofort zu frösteln. Parka und Turnschuhe waren vom Regen schon völlig durchnässt. Karg stemmte sich verzweifelt mit dem Rücken gegen den Sturm und überlegte, was er tun sollte.
Kein Mensch war zu sehen.
Es gab keine andere Möglichkeit, als zu Fuß weiterzugehen.

Maike fuhr so schnell sie konnte.
Sie wollte unbedingt Vorsprung haben vor Karg und einen Plan ausarbeiten, wie sie die Geschehnisse wieder in den Griff bekommen konnte.
Dieser erzwungene Kuß von Karg war unverzeihlich, sie fand es beschämend, daß ihr so etwas überhaupt hatte

passieren können. Sonst begegneten ihr fremde Menschen immer mit Distanz, mit ausgestreckter Hand, und das fand sie auch gut so.
Zwischen Dagebüll und Niebüll ging ein Mann am Straßenrand entlang. Merkwürdig, bei diesem Wetter.
Weit und breit war kein Haus in Sicht. Maike kannte diese Gegend so gut wie keine andere, immerhin war sie hier aufgewachsen.
Sie bremste und setzte zurück.
Vorsichtig öffnete sie die Beifahrertür.
Der Wind riß sie ihr sofort aus der Hand.
Im Wagen wurde es kalt. Die Innenbeleuchtung sprang an, und ein älterer Mann beugte sich zu ihr hinein.
„Kann ich Sie mitnehmen?" fragte Maike fröstelnd.
Der Mann trug einen altmodischen grauen Regenmantel und einen gelben Südwester auf dem Kopf. Er starrte sie mit seinen hellen, wasserblauen Augen einen Moment lang an.
„Wieso haben Sie den anderen da draußen gelassen . . .?" murmelte er und drückte schnell die Wagentür zu.
Im Wagen wurde es sofort dunkel.
Maike gab Vollgas.
Er konnte Karg unmöglich begegnet sein, der war viel zu weit weg.
Das zweite Gesicht.
Und Springflut.
An diesen Tagen bleiben die Kneipen leer, und es werden kaum Telefongespräche geführt in dieser Gegend. Und das schafft, trotz des Sturms, eine unheimliche Stille.

Maike erreichte den letzten Autozug nach Sylt. Man diskutierte bereits, ob der Zugverkehr über den Hindenburgdamm nicht eingestellt werden müßte. Kurze Zeit später, als der Panda fest verzurrt auf dem Oberdeck des Zuges stand, schlief Maike ein.
Wolfram Karg irrte durch den Hauke-Haien-Koog. Das Licht des vollen Mondes strahlte hell über der Landschaft, aber Sturm und Regen waren so stark, daß er trotzdem kaum etwas sehen konnte. Kein einziges Auto kam vorbei.
Er war eine ganze Weile unterwegs, als er endlich ein beleuchtetes Haus sah. Es war ein reetgedecktes Bauernhaus direkt an der Straße.
Entschlossen pochte er an die Tür.
Nichts tat sich.
Er rüttelte an der Türklinke.
Ging ums Haus.
In allen Räumen brannte Licht.
Aber niemand war zu sehen.
Plötzlich bekam er ein ungutes Gefühl.
Rannte weg, so schnell er konnte.
Das, was er dort gespürt hatte, wollte er nie wieder erleben müssen! Er würde auch niemals mit jemandem darüber sprechen können.
Karg war naß bis auf die Haut.
Es war eine Situation, in der man gerne aufgeben möchte.
Aber da war noch Maike . . .
Wenn er es schaffte, zu ihr zu kommen, hatte er sie in der Hand, sie würde für immer in seiner Schuld stehen.
Er hatte Glück.

Ein Wagen des technischen Hilfswerkes, der zur Deichsicherung ausgerückt war, sammelte ihn kurze Zeit später ein.
„Was haben Sie bloß um diese Zeit am Seedeich verloren?“ fragte der Fahrer.
„Ich bin Hamburger“, erklärte Karg.
Der Mann zog seine Augenbrauen hoch und seufzte laut auf. Aber immerhin besorgte er ihm bei einem Freund in Dagebüll ein paar alte, wärmende Kleidungsstücke. Karg versprach, sie so bald wie möglich zurückzuschicken.
Flemming Lenffer ging unruhig im Wohnzimmer von Maike Lorenzen auf und ab. Maike hätte schon längst zurück sein müssen.
Es war für ihn unglaublich wichtig, daß sie bald kam. Auf ihrem Anrufbeantworter war nämlich eine Einladung von Wolfgang Hansen. Hansen war einer der wenigen deutschen Regisseure, die es in Hollywood geschafft hatten. Ihn zu treffen, konnte für ihn der Beginn einer Weltkarriere sein!
Flemming Lenffer war Schauspieler bei der Landesbühne Schleswig-Holstein. Besser gesagt, er war *noch* dort engagiert, wie er immer wieder betonte. Maike Lorenzen kennengelernt zu haben, war für ihn ein Glücksfall gewesen. Sie kannte nahezu alle Fernsehregisseure, Schauspieler und Produzenten, die auf der Insel Urlaub machten. Durch Maike hatte er schon etliche Rollen in Fernsehfilmen bekommen. Und zwar ohne, daß er sich dafür anstrengen mußte. Es ergab sich einfach so....Maike wurde halt bei allen wichtigen Leuten eingeladen.

Flemming Lenffer war fast einen Meter neunzig groß, hatte wellige, dunkle Haare, die er meistens relativ lang trug. Sein durchtrainierter Körper war muskulös, ohne verzerrt zu wirken, wie bei vielen Body-Buildern.
Im deutschen Fernsehen wurde er bis dahin ausschließlich als schöner, aber dummer Geliebter intelligenter, reiferer Frauen eingesetzt, aber das war allenfalls nur der Anfang, da war er sicher. Klar redete er, wie alle Schauspieler, permanent vom „Charakterfach", für das er „eigentlich geschaffen war", aber er besaß in dieser Richtung einfach zu wenig Ehrgeiz, der schnelle Erfolg war ihm wichtiger. Flemming Lenffer glaubte seit einiger Zeit, kurz vor dem Durchbruch zu stehen.
Er war fünf Jahre jünger als Maike, und er machte es ihr immer wieder mal für ein paar Stunden oder Tage recht angenehm. Für ihn war es ein Geschäft: Maike vermittelte ihm im Gegenzug wichtige Kontakte. Auch wenn Flemming Lenffer nicht verliebt in Maike war, hatte er sich doch sehr an sie und ihre Situation gewöhnt. Maike war so eine Art fester Punkt in seinem Leben. Die beiden sahen sich ja auch nicht regelmäßig, als Theaterschauspieler der Landesbühne war er viel unterwegs. Wenn er noch ein, zwei größere Fernsehrollen bekam, würde er sich aus dem Theater verabschieden können. Er wollte auf jeden Fall weit weg ziehen, nach München vielleicht oder nach Berlin. Der Lebensabschnitt mit Maike wäre für ihn dann auf jeden Fall beendet, ohne daß etwas besonderes vorgefallen sein mußte, das hatte er sich fest vorgenommen.
Endlich hörte er ein Motorengeräusch vor dem Haus: Maike in einem Stadtboten-Wagen aus Hamburg. Was

das nun wieder sollte? Aber egal, kaum stand Maike in der Tür, stürmte er auf sie zu.
„Moin, Süße, zieh dich gar nicht erst aus, wir müssen sofort los. Hansen hat uns eingeladen."
Maike konnte kaum die Augen aufhalten.
„Ich gehe ins Bett!" Das klang definitiv.
„Mensch, Hansen, der Regisseur!" Flemming schüttelte ihre Schultern, „das bedeutet mir alles, verstehst du? *Alles* !"
Maike gähnte. Flemming hatte schon oft damit gedroht, ihre Beziehung zu beenden und war dann doch immer wieder zurückgekommen. Er war einfach zu sehr von ihren Kontakten abhängig, das wußte sie natürlich auch. Flemming benahm sich in ihren Augen öfter einmal reichlich kindisch. Aber irgendwie mochte sie das auch, denn es gab ihr ein Gefühl von Überlegenheit, sie hatte halt gerne alle Fäden in der Hand.
Und hier, in *ihrem* Haus, nach *diesem* Tag würde nichts mehr passieren, was sie nicht wollte! Kommentarlos zog sie sich aus und legte sich ins Bett.
Flemming tobte, sprang im Zimmer umher und entwickelte dabei wirre Theorien, warum die Welt an Menschen wie ihr zugrunde gehen würde.
Maike kam einfach nicht zur Ruhe.
Irgendwann stand sie noch einmal kurz auf und nahm im Badezimmer drei Schlaftabletten. Flemming bekam keine Chance, sie schlief danach sofort ein.
Am nächsten Morgen war sein Zorn wieder verflogen. Er wachte vor Maike auf, bereitete ein opulentes Frühstück mit Sekt, frisch ausgepreßtem Orangensaft, Toast und dänischer Marmelade.

Das mit all diesen Köstlichkeiten vollbeladene Tablett stellte er neben das Bett, holte sich ein Samurai-Schwert aus dem Ständer in Maikes Wohnzimmer und setzte sich auf ihren Bauch, wie der Sieger in einem Ringkampf. Mit beiden Händen hob er das Schwert hoch über seinen Kopf, als sollte es gleich auf Maike niederfallen. Flemming liebte diese Art von Scherzen sehr.
„Guten Morgen, mein Liebling!“ säuselte er leise, mit ansteigender Stimme.
Maike schreckte aus dem Schlaf und schrie laut auf, als sie das Schwert über sich sah.
Flemming grinste sie breit an.
„Na, schlechtes Gewissen?“
Es sollte, wie gesagt, komisch wirken.
Aber plötzlich stürzte sich von hinten jemand auf ihn und hielt ihm eine scharfe Klinge direkt an die Kehle.
Flemming schnappte nach Luft.
Wolfram Karg!
„Laß ihn los, er ist mein Freund!“ schrie Maike entsetzt.
Karg zögerte.
„Bitte . . .!“ Maike war verzweifelt.
Nun ließ Karg endlich los. Flemming ließ sich stöhnend zur Seite rollen.
Er war schweißgebadet.
„Das ist Wolfram Karg“, sagte Maike und tätschelte Flemming am Kopf. Der drehte sich um und starrte auf den betrunken wirkenden Mann, der einen viel zu kleinen, grünen Anzug anhatte. Unter dem Jackett trug er einen knallroten Acryl-Pullover.
„Das ist Flemming Lenffer, mein Freund“, sagte Maike zu Karg und zeigte auf Flemming, der sich neben sie

aufs Bett gelegt hatte. Karg stand am Fußende und drehte das Schwert in seiner Hand verlegen hin und her.
„Wer ist *der* ?“ schnarrte Flemming und schaute vorwurfsvoll zu Maike, die ihrerseits Karg nicht aus den Augen ließ. „Wieder einer dieser Schwerenöter, die hier auf der Insel um dich herumschwirren? Ich denke, die Saison ist vorbei . . .“
„Es tut mir leid“, versuchte Karg sich zu entschuldigen.
„Mit dir rede ich nicht“, wies ihn Flemming zurecht und wandte sich wieder an Maike: „Also . . .?“
„Ich glaube, erst einmal müssen *wir* miteinander reden“, unterbrach Karg mit mühsam unterdrückter Wut in der Stimme.
Maike wurde das alles zuviel.
Sie bat Karg, einen Moment in der Küche zu warten.
Karg stiefelte hinaus.
„Sag, mal, wo hast du denn *den* aufgegabelt?“ fragte Flemming.
„Ach das war ein Zufall, ich habe ihn in . . .äh, Dagebüll getroffen auf dem Deich, rein zufällig, wie gesagt . . .“
„Was hast du denn ausgerechnet in Dagebüll zu tun?“
Maike fiel auf, daß sie sich mit Karg unbedingt noch über eine gemeinsame Version ihrer Geschichte abstimmen mußte.
„Inselkoller . . .“, gab ihm sie als Erklärung. „Das kriegst du hier manchmal.“
Flemming war mißtrauisch.
„Und dann fährst du ausgerechnet nach Dagebüll?“
„Warum denn nicht?“
Flemming beschloß, nicht mehr weiterzufragen und kroch nah an Maike heran. Als er plötzlich nichts mehr

sagte und anfing, sie am Ohr zu streicheln, sprang sie ruckartig aus dem Bett.
„Ich fahre erst mal ans Wasser“, sagte sie und zog sich an.
„Dich soll mal einer verstehen . . .!“ raunzte Flemming und drehte sich beleidigt zur Seite.
Minuten später raste Maike mit ihrem Wagen vom Grundstück.
Flemming überlegte, ob er diesen Karg hinauswerfen sollte. Aber dann würde er nie etwas über ihn erfahren, besser, man kannte seinen Feind!
Als er in die Küche kam, saß Karg im Schneidersitz auf dem Küchentisch. Flemming ärgerte das maßlos, weil es auf ihn wie eine Inbesitznahme wirkte. Er beschloß, sich trotzdem nicht provozieren zu lassen.
„Wo hast du Maike überhaupt kennengelernt?“ fragte er und ließ seine Stimme immer noch aufgebracht klingen, ohne daß der andere merken sollte, wie berechnend er vorging.
„Jaaah . . ., ich habe Maike zufällig in einem Hausflur in Hamburg getroffen, und dann haben wir festgestellt, daß wir beide gerade auf dem Weg nach Sylt sind. Leider gab es gestern ein Mißverständnis, und Maike ist alleine mit meinem Wagen weitergefahren.“
Das war eindeutig gelogen, befand Flemming, er war offensichtlich auf der richtigen Spur.
„Und dann dringst du so einfach in Maikes Haus ein? Findest du das normal, oder was?“
„Die Tür war offen, und da dachte ich . . .“
Karg war ein schlechter Lügner, sehr leicht zu durchschauen an seinen vielen kleinen Verlegenheitsgesten,

die Flemming, dem Schauspieler, nicht verborgen bleiben konnten.
Er bot Karg Frühstück an.
Die beiden aßen, ohne auch nur *ein Wort* zu sagen.
Flemming Lenffer überlegte, wie er sich wohl am geschicktesten verhalten sollte. Er wollte den Kontakt zu Maike nicht aufs Spiel setzen. Außerdem ging ihm plötzlich wieder auf, wie attraktiv Maike eigentlich aussah, diese große, schlanke Frau mit den blonden Haaren.
Karg spürte, daß zwischen Maike und ihrem Freund nicht mehr viele Gefühle existierten; sie wollte Flemming ihre Geschichte ganz offensichtlich nicht erzählen. Es sollte ein Geheimnis bleiben zwischen ihm und Maike, etwas, das ihnen keiner nehmen konnte.
Als wenn sie miteinander geschlafen hätten.
„Kannst du Schach spielen?“ fragte Flemming und schaute Wolfram lächelnd an. So ein Kriegsspiel war jetzt genau das Richtige. Denn er wußte, daß er ein überdurchschnittlich guter Spieler war und war entschlossen, Karg vernichtend zu schlagen.
„Ja, natürlich.“
Flemming holte ein Schachbrett und die Figuren aus Maikes Wohnzimmer, und die beiden verbissen sich in ein stilles, wütendes Spiel.
Die erste Partie endete mit einem Remis.
Daß keiner gewonnen hatte, war zwar unbefriedigend, entspannte die beiden aber ein bißchen.
Flemming stellte eine Flasche Cognac auf den Tisch, die sie beide schnell leerten, und erzählte die Geschichte von einer Kontaktanzeige, die er einmal aufgegeben hatte.

„Ich war in dieser Kneipe vorher noch nie gewesen. Also, die Frau war eigentlich ganz nett, aber was willst du nach dem ersten Treffen schon sagen? Irgendwann war sie gegangen, und ich wollte am Tresen zahlen.
‚Na? Kontaktanzeige?' fragte der Wirt augenzwinkernd. Er war gerade dabei, einen Cognac einzuschenken. Ich frage ihn, wie er darauf kommt.
‚Im Laufe der Jahre bekommt man einfach einen Blick für sowas' , sagt er. Ich zeige resignierend auf den Cognac und sage, daß ich auch so einen möchte. Und weißt du, was der Wirt sagt?
‚Der *ist* für dich!'"
Karg gefiel die Geschichte.
Vor allem, weil sie ihm zeigte, was für ein Versager dieser Flemming sein mußte. Maike war viel zu gut für den. Kontaktanzeige, der hatte es also nötig . . .
Flemming spürte, daß die Geschichte bei Karg so angekommen war, wie er es geplant hatte. Er hatte sich alles von vorne bis hinten ausgedacht. Karg sollte sich überlegen fühlen, aus der Reserve kommen, die Karten auf den Tisch legen.
Und dann würde er zuschlagen.
Immerhin stand seine Existenz als Schauspieler auf dem Spiel. Und die würde er sich nicht von so einem Penner versauen lassen, ganz sicher nicht! Zuerst mußte er herausbekommen, was zwischen Karg und seiner Freundin gewesen war.
Als Maike wiederkam, waren beide Männer leicht betrunken. Sie schienen sich auch besser zu verstehen. Das beunruhigte sie sehr.
Dieser Karg hatte sich bestimmt nicht im Griff.

Maike wollte auf keinen Fall, daß Flemming etwas von dem Mord erfuhr.
Es war ihr einfach zu intim.
Zum Glück klingelte es bald an der Tür.
Ferdinand Roth platzte herein, ein kleiner, dicker Mann, der viele große Partys auf Sylt organisierte. Maike kannte ihn seit vielen Jahren.
„Moin, Micky, ich kam gerade mal in Keitum vorbeigeschneit und da dachte ich, schau doch mal rein . . .“
Maike überlegte kurz und führte ihn in die Küche.
Er stellte sich Karg vor und begrüßte Flemming, der vom Trinken schon ganz rote Augen hatte.
„Mensch, ihr wißt den Winter zu überstehen, Kinders, sehr gut.“
Maike fragte Roth, ob er auch einen wollte.
„Och, so' n Lütten kann ja nie schaden.“
Karg stand auf und verließ die Küche.
Dieser schwatzhafte Roth interessierte ihn nicht.
Er brauchte dringend etwas Bewegung und wanderte durch Maikes Haus.
Wie alle Besucher war er fasziniert von der japanischen Inneneinrichtung und den blauen friesischen Wandkacheln. Maike stellte sich neben ihn und hörte sich seine Lobesrede an über die Zusammenführung von scheinbar so verschiedenen Kulturen etc. Das war sie gewohnt. Leider war das aber noch nicht alles.
Maike hatte in ihrem Wohnraum ein paar Drucke aufgehängt, die Karg eingehend betrachtete.
„Sag mal, die sind doch alle von Tawaraya Sotatsu, du weißt schon, der aus dieser Künstlerkolonie bei Kyoto, wie hieß die noch gleich? Ach ja, Takagamine!“

Maike Lorenzen erstarrte.
Genau *das* hatte sie immer befürchtet, nämlich, daß irgendwann ein wirklicher Japan-Kenner ihre Räume betreten würde und ihre Kyoter Geschichten als Legende entlarven würde.
„Komm, wir gehen wieder in die Küche!“ sagte sie und hakte sich bei ihm ein.
Karg wollte nicht zurück.
„Ich habe mit dir zu reden, das ist dir doch klar, nach dem, was passiert ist! Die letzte Nacht war nicht besonders angenehm . . .“
„Bitte, ich kann dir alles erklären“, versuchte ihn Maike zu beruhigen, „aber erst muß Flemming im Bett liegen und Roth wieder draußen sein. Leider ist er ein wichtiger Mann für mein Geschäft.“
Karg war zwar immer noch sehr aufgebracht über das, was passiert war, aber die neuerliche Kumpanei zwischen ihm und Maike schmeichelte ihm sehr. Und Maike suchte auch seine körperliche Nähe, das registrierte er als gutes Zeichen. Wahrscheinlich hatte sie längst eingesehen, daß ihr Verhalten am Vortag ein Fehler gewesen war.
Roth stürmte sofort auf Karg zu, als sie beide wieder in die Küche kamen.
„Mensch, Flemming hat mir erzählt, daß Sie Cellist sind, Herr Kahl. . .“
„*Karg* heiße ich, verehrter Herr Roth.“
„Ja, oder auch Karg, warum nicht? Namen sind wie Schall und Rauch, steht schon in der Bibel, wenn ich nicht irre.“
„Frau Lorenzen sagte, Sie betreiben einen Partyservice?“

„Ist doch jetzt egal", schnaubte Roth, der nicht erzählen wollte, daß er eigentlich Fleischer von Beruf war und sich dann auf der Insel hochgearbeitet hatte.

„Ich habe zufällig ein Cello im Wagen, das ist wirklich ein Zufall, finden Sie nicht auch? Soll ich einem Musiker abliefern. Ich hole das mal eben, dann können Sie uns mal zeigen, was Sie können, oder auch nicht, haha."

Er kicherte und zwinkerte Flemming zu.

Offensichtlich glaubten die beiden nicht, daß Karg wirklich Musiker sei und wollten sich einen Riesenspaß machen. Karg gelang es nur mühsam, seine Wut zu unterdrücken.

Der kleine Roth wieselte mit einem großen Cellokasten hinein. Karg packte das Instrument aus und stimmte es. Roth warf Flemming einen enttäuschten Blick zu: Es hörte sich so an, als wenn der Mann wirklich spielen konnte!

Karg begann mit der Sarabande aus der fünften Bach-Suite. Er nahm sich in seiner Interpretation sehr zurück, die Musik von Bach wirkte durch sich selbst. Von ihrer Konstruktion, ihrer Mathematik her war diese Musik ein ausgeklügeltes, unglaublich raffiniertes Gebilde. Und trotzdem wirkte sie nie kalt oder gekünstelt, im Gegenteil, sie war voller Wärme und Gefühl. Wolfram bewunderte wieder mal aufs Neue das Genie seines Lieblingskomponisten.

Roth schaute auf seine klotzige Armbanduhr. Er konnte mit Bach überhaupt nichts anfangen, Klassik fand er langweilig. Er war alter Rock' n Roller, Elvis rauf und runter, und darüber hinaus mochte er auch Oldtime-Jazz, aber nur live gespielt. Hoffentlich hört der Mann

bald auf, dachte er, spielen konnte er ja, da gab es nichts, aber Roth wäre lieber nach Hause gefahren und hätte sich ein paar Videos angeschaut.
Fast unmerklich war Karg in eine Improvisation übergegangen. Es entstand eine Stimmung, die man nicht richtig einordnen konnte, weder Dur noch Moll. Man wußte einfach nicht mehr, woran man war.
Wie Musik aus einem Hitchcock-Film.
Der Mord unter der Dusche.
Wenn der Irre sein Messer zückt, stechen die Geigen des Orchesters mit zu.
Flemming starrte auf den alten Acryl-Pullover Kargs. Nun gut, er war *doch* Musiker, ein recht guter sogar, auch wenn seine Intonation manchmal etwas zittrig war. Das lag wohl am Alkohol.
Flemming hoffte, daß Karg nicht zu lange spielen würde, denn er wollte ins Bett.
Auch Maike registrierte zum ersten Mal bewußt, daß Wolfram Karg wirklich Cellist war. Sie überlegte, wie sie dies ausnutzen konnte, um ihn loszuwerden; vielleicht konnte sie Roth und Flemming in ihren Plan sogar miteinbeziehen, ohne daß die es merkten.
Als Karg mit einer artigen Schlußkadenz aufhörte, klatschten alle Beifall und lachten gekünstelt. Karg blieb ernst und packte das Cello vorsichtig wieder in den Koffer. Maike brachte ihm ein voll gefülltes Glas Cognac, das er in einem Zug hinunterstürzte.
Roth verabschiedete sich und bedankte sich noch einmal überschwenglich bei Karg: „Phänomenal, mein Lieber, ganz phänomenal!“
„Auf Wiedersehen, Herr Roth“, entgegnete Karg steif.

„Weißt du was, nenn mich Ferdi, das tun alle hier, nicht wahr, Micky?“
Roth gab Maike einen flüchtigen Kuß auf die Wange und ging.
Flemming torkelte in Richtung Wohnzimmer, legte sich aufs Parkett und schlief sofort ein. Maike warf eine alte Wolldecke über ihn. Dann eilte sie in den Ladenraum im vorderen Teil des Hauses, wo Karg auf sie wartete.
Der Raum war vollgestellt mit alten Möbeln, überwiegend englischer Stil, Mahagony hochglanzpoliert. Karg erlebte dieses Ambiente als etwas Vertrautes, das er aber schon lange nicht mehr gesehen hatte, seit seiner Zeit als Orchestermusiker... Empfänge, Premieren, Hauskonzerte bei reichen Leuten — diese Möbel waren ein Anknüpfungspunkt, etwas, das ihm Mut und Sicherheit gab, sich wieder in gewohnten Bahnen einzufinden.
Maike setzte sich auf die Kante ihres zierlichen Schreibtisches, Karg nahm auf einem Stuhl davor Platz.
„Ich möchte, daß du heute noch nach Hamburg fährst“, eröffnete sie ihm mit gesenkter Stimme.
„Wie? Nach Hamburg? Wieso das denn?“
Karg sprang aus seinem Stuhl hoch und baute sich vor Maike auf, die immer noch auf der Schreibtischkante saß. Er packte sie an den Schultern und drückte ihren Oberkörper nach hinten auf die Tischplatte.
„Bis jetzt habe ich mich ja noch sehr zurückgenommen“, tobte er, „aber langsam brauchst du, glaube ich, mal eine kleine Lektion, *Maike Lorenzen* !“
Karg ging auf Tuchfühlung mit ihr. Er lag halb auf ihr und hielt sie an den Armen fest.

„Ohne mich würdest du gar nicht mehr leben!“ schrie er. „Außerdem warst du an dem *Akt*, an dem *Tötungsakt*, genauso beteiligt wie ich, vergiß das nicht!“
„Ich gebe dir fünftausend Mark“, wimmerte Maike verzweifelt.
„Ich will kein Geld von dir!“ Kargs Stimme überschlug sich vor Wut. „Weißt du eigentlich, daß ich gestern nacht zu Fuß über den Hindenburgdamm gelaufen bin?“
Maike erschrak.
„Zu Fuß?“
Was trieb diesen Mann dazu, über den kilometerlangen Eisenbahndamm zu gehen, dazu noch im Sturm der vergangenen Nacht?
„Ich hatte nämlich keinen Pfennig Geld dabei, als du mich gestern im Stich gelassen hast!“
„Es tut mir leid“, beschwichtigte Maike, „das war eine Kurzschlußreaktion von mir, ich sehe ja ein, daß es falsch war...Dieser Mord an Vogel, das war alles zuviel für mich...“
Maike schaute so nett wie möglich zu ihm hinauf.
„Kannst du das nicht wenigstens ein bißchen nachvollziehen? Außerdem will ich dich ja nicht loswerden, wie kannst du das auch nur *denken* ?“
Das wirkte.
Karg ließ sie los und trat einen Schritt vom Tisch weg. Maike blieb noch einen Moment demonstrativ wie festgenagelt auf der Tischplatte liegen.
„Entschuldige“, sagte er leise, „aber ich bin wohl etwas überreizt. Komm, ich richte dich wieder auf.“ Er wollte gerade ihre Hände nehmen, da schnellte Maike hoch.

„Du hast mich *sehr* erschreckt. Also, Wolfram, nimm die Fünftausend und meinen Wagen! Ich möchte von jetzt an mit dir zusammenarbeiten. Du wirst zwei Wohnsitze haben, einen hier auf Sylt und einen in Hamburg. Du könntest in Hamburg eine Menge wichtiger Dinge für mich erledigen und dann wieder zu mir kommen. Hier ist das Fernabfragegerät für meinen Anrufbeantworter, du kannst alle Nachrichten abhören, ich habe keine Geheimnisse vor dir. In spätestens zwei Tagen komme ich nach, versprochen!"
Sie reichte ihm das Fernabfragegerät. Hoffentlich wurde Karg nicht mißtrauisch. Das, was sie gesagt hatte, kam ihr reichlich dick aufgetragen vor.
Karg drehte sich um und schaute aus dem Ladenfenster. „Ich hatte tatsächlich kurz das Gefühl, daß du mich loswerden wolltest", flüsterte er. „Das hat mich sehr gekränkt. Habe ich dir nicht schon bei unserem ersten Treffen in Hamburg gezeigt, daß ich alles für dich tue? Und da kannte ich dich noch nicht mal!"
„Ich möchte dich noch einmal umarmen, bevor du fährst", bat Maike, obwohl sie sich davor ekelte. Sie hoffte, daß Karg dann schneller gehen würde. Karg preßte sie zwischen seine Arme, als wollte er sie zerdrücken.
Er roch wie beim ersten Mal nach Schweiß und Alkohol. Allein schon von diesem Körpergeruch wurde Maike übel. Sie löste sich geschickt aus seinem Griff.
„Geld liegt im Handschuhfach, Schlüssel steckt, ruf' mich auf jeden Fall heute abend an, wenn du in Hamburg bist, ja? Falls ich nicht da sein sollte: Das Fernabfragegerät für den Anrufbeantworter hast du ja."

Hoffentlich denkt er auch wirklich daran, dachte sie, als Karg hinausging. Als sie wieder in ihrer Wohnung war, schloß sie sich erst einmal eine halbe Stunde im Badezimmer ein.
Karg schaute sich Maikes Wagen an. Es war ein flaschengrüner 130er Volvo-Amazon, Baujahr 1967, der von innen wie neu aussah. Es mußte Unmengen gekostet haben, ihn derart anspruchsvoll und perfekt zu restaurieren. Er lächelte zufrieden und stieg ein.
Am Westerländer Bahnhof kaufte er noch einen Aufkleber mit dem Umriß der Insel und befestigte ihn gut sichtbar auf der Kofferraumklappe. In Hamburg sollte ihn keiner wegen des „NF“-Kennzeichens für einen Festland-Friesen halten.
Irgendwann hämmerte Flemming gegen die verschlossene Badezimmertür.
Maike drehte den Schlüssel herum und kam heraus.
„Karg ist weg“, verkündete sie stolz.
„Weg? Einfach so?“
„Von wegen ‚einfach so‘. Das war ein hartes Stück Arbeit, sage ich dir. Er ist nach Hamburg gefahren, ich habe ihm meinen Wagen gegeben.“
Flemming pfiff durch die Zähne.
„Du bist ja sehr großzügig.“
Maike lächelte.
„Und für diese meine Arbeit will ich nun reichlich belohnt werden.“
Flemming gab ihr einen Kuß auf die Stirn.
„Mehr nicht?“
„Du, ich brauche frische Luft, die Cognacs nach dem Frühstück sind mir nicht so gut bekommen.“

Die beiden stiegen in Kargs Panda, der vor der Tür stand.
„*Ich fahre*!“ sagte Maike und nahm Flemming die Autoschlüssel aus der Hand. Sie fand es schlimm genug, daß Karg betrunken durch die Gegend fuhr. Im nördlichen Teil der Insel, am unbewohnten „Ellenbogen“ stiegen sie aus. Außer ihnen war kein Mensch zu sehen. Der Strand war überhäuft von dem Müll, den die Sturmflut angespült hatte: Plastikbehälter, Bierflaschen, Holzbalken, Eisenteile und sogar ein verrosteter Kinderwagen. Die beiden mußten aufpassen, daß sie nicht andauernd in Teerklumpen traten. Der Wind war immer noch sehr stark, man mußte sehr laut reden, um sich zu verstehen.
„Hast du mit Karg geschlafen?“ rief Flemming in sehr strengem Ton gegen den Wind, ohne sie anzuschauen.
„Bist du verrückt? Nein!“
„Was sind das für Papiere, die hinten auf dem Rücksitz seines Wagens liegen?“ Flemming ließ nicht locker.
Verdammt, sie hatte vergessen den Aktenordner von Vogel aus dem Wagen zu nehmen.
Sie startete einen schnellen Gegenangriff.
„Das geht dich nichts an und ist auch nicht wichtig für uns beide... Es sind Kargs Unterlagen! Ich weiß gar nicht, was diese Fragerei soll!“
Sie drehte sich um und ging zum Auto zurück. Flemming folgte ihr und überlegte sich eine Strategie, um sie zum Reden zu bringen. Als Maike in den Panda eingestiegen war, wartete er an der Beifahrertür, die Hand am Griff. Maike startete den Motor, legte den ersten Gang ein und gab Vollgas. Flemming mußte fluchend beiseite springen und sich zu Fuß auf den Rückweg machen.

An der ersten Telefonzelle in List hielt Maike an.
Das erste Gespräch war mit dem Bahnhof in Westerland, wo sie einige Fahrplanauskünfte einholte.
Nachdem sie aufgelegt hatte, nahm sie einen Kieselstein in den Mund und legte ein Taschentuch über den Hörer. Die Nummer, die sie nun wählte, war ihre eigene. Sie mußte eine Weile warten, bis der Anrufbeantworter ansprang.
„Hier ist Ferdinand Roth Partyservice und Konzertvermittlung GmbH. Wir haben einen Auftritt für Sie in Kopenhagen . . ." Maike hatte sich den Text genau überlegt.
Dann mußte noch ihre Akte verschwinden . . .
Sie holte ihr Feuerzeug mit Aufschrift „Vogue" aus der Tasche und kokelte am Papier herum. Es dauerte eine ganze Weile, bis alles Asche geworden war. Dr. Brockstedt würde zwar ein neues Dossier anlegen lassen können, aber das würde einige Zeit brauchen. Außerdem waren die Papiere nun dem Zugriff Flemmings entzogen, und das war in ihrer Situation erst einmal das Wichtigste.
Sie fuhr zurück, um Flemming wieder einzusammeln. Der ließ sie eine ganze Weile mit heruntergekurbelter Scheibe neben sich herfahren und auf ihn einreden, bevor er endlich wieder in den Wagen stieg. Ihm fiel sofort auf, daß der Aktenordner, der auf dem Rücksitz gelegen hatte, verschwunden war, sagte aber nichts dazu.
Zuhause schliefen sie erst einmal miteinander.
Als Versöhnung sozusagen.
Am frühen Abend packte Flemming seine Sachen und kündigte an, daß er mit dem Zug nach Kiel fahren wolle, um ein paar wichtige Dinge zu erledigen.

Maike wunderte sich ein bißchen über seinen plötzlichen Entschluß, fragte aber nicht nach.

Der Volvo-Amazon war wirklich ein traumschöner Wagen. Karg bewunderte die alten Armaturen und die beachtliche Beschleunigungskraft des neuen Motors, den Maike hatte einbauen lassen. Mit diesem Auto über die Straßen zu gleiten, war für ihn wie Musik.

Die tiefstehende Herbstsonne gab der flachen Landschaft eine ungeheure Weite. Im 3. Programm des NDR spielten sie die Fünfte von Tschaikowsky. Zugegebenermaßen fast genauso ausgelatscht wie die „Vier Jahreszeiten", aber an diesem Tag war sie für ihn eine ganz neue, überraschende Offenbarung, besonders, als er auf dem Autozug über den Hindenburgdamm fuhr und ins Wattenmeer blickte.

Er jagte mit eingeschaltetem Fernlicht die A7 hinunter nach Hamburg, schlich behutsam durch den Elbtunnel und fuhr über die Köhlbrandbrücke, die sich hoch über dem Freihafen spannte, in die City. Das vom Wind aufgepeitschte Wasser der Elbe, die Sonne und die hellen Aufbauten der Frachter, die Musik im Auto — alles harmonierte miteinander.

Am Hauptbahnhof kaufte er einen Stapel Zeitschriften und nahm dann in der Nähe des Rathauses ein Essen in einem schicken italienischen Imbiß unter Börsianern und leitenden Büroangestellten ein. Der Frau, die ihn bediente, gab er 15 Mark Trinkgeld. Zuhause leerte er eine halbe Flasche „Ballantines" fast in einem Zug und schlief auf dem Teppich ein. Als er aufwachte, war es bereits 11 Uhr abends, er spürte sofort einen höllischen

Durst und Hunger. Nach einer wechselwarmen Dusche zog er ein buntes Seidenhemd, Fiorucci-Jeans und schwarze Slipper an, warf sich ein weites, sportliches Sakko über und fuhr mit dem Volvo zu einem Restaurant im Stadtteil Eppendorf.

Mit seiner Kleidung fügte er sich unauffällig ins aufgesetzt-teure Ambiente ein. Derartige Restaurants und Kneipen hatte er jahrelang gemieden. Als er drei gleichzeitig bestellte Gläser Mineralwasser gegen den Durst in sich hineingeschüttet hatte und sich konzentriert mit der Speisekarte beschäftigte, stellte sich jemand dicht neben ihn, ohne daß er es bemerkte.

„Entschuldigung, Sie sind doch der Cellist Wolfram Karg, nicht wahr?"

Karg starrte erstaunt einer lächelnden Frau ins Gesicht, grüne Augen, schwarzgefärbte Haare, burgundroter Lippenstift, etwa fünfunddreißig Jahre alt.

Der Cellist Wolfram Karg.

„Ja, der bin ich, aber woher wissen Sie das?"

Die Frau lächelte.

„Ich war Abonnentin im Oldenburgischen Sinfoniekonzert . . ."

„Und da haben Sie sich die Namen *aller* Orchestermusiker gemerkt?"

Karg konnte es nicht fassen. Seine Verpflichtung in Oldenburg lag immerhin schon mehr als zwei Jahre zurück.

Die Frau lächelte ihn herzlich an.

„Nicht alle, nur ein paar, die . . ."

Sie wurde ein wenig verlegen.

Karg fühlte *dieses Kribbeln im Bauch* . . .

„. . .ach, ist ja auch egal, Ihren Namen habe ich mir jedenfalls gemerkt."
„Trinken Sie etwas mit mir?"
„Ja, gerne, warum nicht?" Die Frau setzte sich zu ihm. Karg winkte den Kellner heran und bestellte eine Flasche Moet.
„Ich heiße übrigens Susanne Sommerhäuser-Schuler."
Karg lachte.
„Warum lachen Sie?"
„Darf ich Sie Susanne nennen? Ich kann mir Doppelnamen nämlich prinzipiell nicht merken!"
Karg merkte, daß sie nicht wußte, ob er sie auf den Arm genommen hatte. Sie entschied sich jedoch dafür, locker zu bleiben.
„Gut, ich komme dir sogar noch weiter entgegen: Sag ‚Suse' zu mir, dann hast du noch eine Silbe gespart."
Der etwas spröde Humor ließ Wolfram Kargs Stimmung gleich wieder etwas sinken. Und richtig: Sie war Grafikerin in einer Werbeagentur und der Job kotzte sie an, geilte sie aber auch auf, und die Doppelfunktion von Mutter und Karrierefrau war eine Katastrophe, und ihr Mann war Studienrat. . ., dann nach der zweiten Flasche, sie hätte noch nie einen Orgasmus mit Dieter, ihrem Mann, gehabt, sie würden überhaupt höchstens einmal im Monat miteinander schlafen, sie wüßte zwar auch nicht, warum sie ihm, dem „fremden Cellisten", das alles erzählte, aber er brauchte sich nicht gleich angemacht zu fühlen, sie würde schon ihre Frau stehen, jawohl, „Frau", diese Männersprache überhaupt, und in Papua-Neuguinea, bei den Naturvölkern, da gäbe es noch das Matriarchat, was er davon hielte . . .

Wolfram Karg kam fast überhaupt nicht zu Wort.
Das störte ihn aber auch nicht besonders.
Er stellte sich vor, daß Maike plötzlich in den Raum platzen würde, voller Eifersucht, nach außen hin aber beherrscht und sehr diskret.
Er würde ihr kleine Zeichen geben, sie beruhigen, daß mit dieser Frau an seinem Tisch nichts sei.
Und später würde er es ihr beweisen.
Maike und er waren ein Schicksalspaar.
Ihm fiel plötzlich das Fernabfragegerät ein, das er in die Innentasche seines Jacketts gesteckt hatte. „Entschuldige bitte", unterbrach er den Redefluß seines Gegenübers und ließ sich das Telefon an der Theke geben.
Maike war nicht da.
Deshalb hörte er den Anrufbeantworter ab.
Und war begeistert.
Es ging um einen Auftritt in Kopenhagen am nächsten Morgen, den Ferdinand Roth vermittelt hatte. Eine weibliche Stimme sagte, er solle den Frühzug aus Hamburg nehmen und sich mit Maike Lorenzen auf der Fähre von Puttgarden nach Rödby treffen. Maike sollte Querflöte spielen. Irgendein dänischer Verleger hätte die beiden engagiert. Alles wäre detailliert organisiert. Sogar Kleidung würde gestellt. Danach ginge es sofort weiter zu einem Anschlußauftritt nach Marbella.
Karg eilte sofort zum Kellner und bezahlte die Zeche.
An der Theke stritt der Wirt mit einem Taxifahrer, der vergeblich gekommen war, weil der Gast schon abgehauen war.
Karg unterbrach die beiden hastig und sagte, daß er sofort mitfahren wollte. Den Volvo konnte er später,

nach den Auftritten, abholen, es war egal, wo er die nächsten Tage geparkt war.
Dann verabschiedete er sich kurz und knapp von Susanne Sommerhäuser-Schuler, die alleine am Tisch sitzen blieb und ihm regungslos hinterherblickte.
Einige Minuten später kam Flemming Lenffer in das Restaurant und setzte sich an ihren Tisch. Er hatte Karg von dessen Wohnung bis zum Restaurant mit einem Taxi verfolgt und eine alte Bekannte auf ihn angesetzt.
„Na, wie ist es gelaufen . . .?"
Die Frau, deren echter Name Inken war, und die auch von der Insel stammte, legte einen fast geschäftsmäßigen Blick auf.
„Ich habe ihm erst sehr geschmeichelt und dann die Zicke raushängen lassen . . ."
„Und wie ist er drauf? Hat er was von Maike erzählt?"
„Nein, er wirkte oft sehr abwesend, das war alles. Ansonsten ist das ein ziemlich fertiger Typ, fand ich, sehr seltsam. Der wirkte wie ein Penner, dem man irgendwas Teures über den Leib gezerrt hat."
„Und sonst hat er nichts erzählt?"
„Mensch, was erwartest du in einer halben Stunde?"
Flemming gab Inken einen Kuß über den Tisch.
„Kann ich heute bei dir schlafen?"
„Ich bitte darum."
Flemming ging mit ihr hinaus zum Volvo, den Karg in einer Nebenstraße stehengelassen hatte. Er hatte vorsorglich die Ersatzschlüssel aus Maikes Schreibtischschublade mitgenommen. Galant öffnete er seiner Begleiterin die Beifahrertür und fuhr mit ihr davon.

Am nächsten Morgen gegen sieben Uhr steuerte Maike Kargs Panda auf den Autozug von Westerland nach Niebüll. Ein starker Ostwind trieb das Wasser weg vom Land, zusätzlich zum einsetzenden Ebbstrom. Es versprach ein klarer, windiger Tag zu werden.
Maike hoffte, die Zehn-Uhr-Fähre von Puttgarden nach Rödby erreichen zu können.
Früher war sie diese Strecke häufig gefahren, als sie nach ihrem Schulabschluß nach Kopenhagen gezogen war. Ihre Altbauwohnung lag direkt am Christianshavn Kanal. In einem Zimmer stand ein alter Bollerofen, den sie mit Holz und Briketts befeuern mußte. Maike erinnerte sich noch an die Herbstnachmittage, meist in der Dämmerung, wenn sich die Wärme des Ofens langsam und spürbar im Raum verteilte.
Sie hatte dort immer sehr tief geschlafen und intensiv geträumt, an viele Träume konnte sie sich noch nach all den Jahren erinnern.
In Christianshavn wohnten damals viele Musiker, die Gitarre, Sitar, Xylophon und andere Instrumente spielten. Als Querflötenspielerin wurde sie von allen dort herzlich aufgenommen. In Kopenhagen hatte sie ihre eigentliche musikalische Ausbildung bekommen, von erfahrenen Spielern neue Blastechniken und Improvisieren gelernt, vor allem von Indern und Eskimos.
Maike drückte das Gaspedal voll durch.
Gut, Robert Vogel, der Handlanger von Brockstedt, war tot. Aber sie wollte nun trotzdem ganz normal weiterleben, Geschäfte machen auf Sylt und ein bißchen Flemming lieben . . .
Das war doch nicht zuviel verlangt!

Auf der Fähre würde sie Karg vor Augen führen, wie sinnlos sein Bemühen war, mit ihr zusammenzukommen. Sollte er ruhig wütend werden, das wäre ein prächtiger Vorwand, ihn zu vernichten.
Ein klarer Fall von Notwehr.
Maike baute darauf, daß der Grenzschutz die geladene 7.65er in ihrer Tasche nicht entdecken würde.
Ihr Leben, so, wie sie es leben wollte, war ihr das Risiko wert.
Wolfram Karg bestieg den D-Zug Paris-Kopenhagen am Hamburger Hauptbahnhof. Auf den Waggons stand das Emblem der französischen Eisenbahngesellschaft „SNCF". Sie sahen auch anders aus als die deutschen. In seinem Abteil saßen eine französche Nonne, zwei junge Amerikanerinnen mit Zahnspangen und ein Belgier in einem dunkelblauen Anzug, der irgendwelche Zahlenkolonnen in seinen Laptop eintippte.
Der Zug fuhr schnell aus dem Stadtgebiet heraus und tauchte in die ostholsteinische Landschaft ein.
Karg lehnte sich zufrieden zurück.
Paris-Kopenhagen, das waren andere Welten, als die der versoffenen Penner an seinem Kiosk. Arme Schweine waren das, gewiß, aber sie konnten halt nicht weiter denken als bis zum nächsten Bier.
Und er hatte es wieder einmal geschafft!
Gut, ein bißchen Glück gehörte schon dazu, Maike hatte prächtige Kontakte zu wichtigen Leuten, aber Glück brauchte man schon im Leben, das war ja eine Binsenweisheit. Es tat gut, wieder einmal jemand Fremdem sagen zu können, „I'm a musician, you know, a celloplayer".

Auf dem Gang tobten französische Schulkinder, die eine Klassenreise durch Dänemark machten.
An Paris dachte er immer in Schwarz-Weiß-Bildern, Filme mit Catherine Deneuve, Romy Schneider und Yves Montand. Interessante Menschen in kleinen, charmanten Autos und Philosophen mit schwarzen Rollkragenpullovern in Straßencafés. Für ihn gehörte zum Bild der Stadt immer der Regen, der die Stadt in eine wohltuende, schöne Melancholie versetzte. Dazu Musik von Chopin. Paris, das war das ganz Besondere, gegen Paris verblaßten für Karg alle anderen Metropolen, wie New York und London.
Irgendetwas streifte seinen Nacken.
Karg machte eine blitzschnelle Reflexbewegung, drehte sich und schlug die rechte Faust nach vorn. Ein kleiner Junge bekam sie vor die Brust und rang nach Luft. Er hatte nur einen Schuh an. Offensichtlich hatten ihm seine Schulkameraden den anderen Schuh weggenommen und dann Karg an den Kopf geworfen. Der Kleine hatte derartige Angst vor Karg, daß er sich noch nicht einmal traute zu weinen. Karg hob den Schuh vom Boden auf und drückte ihn dem Jungen in die Hand.
„Je m' excuse!" sagte er und lächelte.

Flemming Lenffer kam langsamer voran, als er gedacht hatte. Auf der Autobahn bei Lübeck hatte sich ein schwerer Unfall ereignet. Ein Lastwagen war quer über die Fahrbahn gekippt, und der Rettungshubschrauber setzte gerade zur Landung an.
Das kostete ihn über eine halbe Stunde.

Den Rest der Strecke peitschte er den Volvo fast durchgängig auf hundertneunzig.
Wie gut, daß er den Anrufberantworter abgehört hatte, als Maike im Badezimmer war. Von wegen „Konzert in Kopenhagen“, ihm war klar, daß Maike dort nie auftreten würde.
Oder doch? Aus Liebe zu Karg?
Nein, das war absurd!
Aber was wußte man eigentlich ganz genau?
Verdammt, er stand so kurz vor dem Ziel . . .
Wenn Maike ihm den Kontakt zu Wolfgang Hansen verschaffte, der in *Hollywood* produzierte, dann würde er sie auch in Ruhe lassen. Sie erschien ihm so begehrenswert (er schätzte dieses altmodische Wort sehr!) wie schon lange nicht mehr.
Dieser Karg zerstörte sein Leben, seine Gewißheit, sich bald einem Millionenpublikum präsentieren zu können.
Flemmings Wut über diesen versoffenen Mann im roten Acrylpullover war so groß, daß er sich vorstellen konnte, ihn zu töten.
Dazu war er jedenfalls fest entschlossen.
Schon, um zu überleben.
Flemming Lenffer erreichte mit Mühe und Not die Fähre um acht Uhr. Kargs Wagen mit der roten Aufschrift „Stadtbote“ stand vor dem Bahnhofsgebäude im absoluten Halteverbot.
Maike war also schon da.
Flemming parkte einige Meter von ihr entfernt und rannte im Laufschritt durch den Zoll auf das Schiff. An Bord löste er eine Tagesfahrt von Puttgarden nach Rödby und zurück.

Als das Schiff den Hafen verließ, war es sofort dem tosenden Sturm ausgesetzt. Maike hatte die Ostsee selten so aufgewühlt gesehen. Das Meer war weiß von all dem Schaum und der Gischt. Die Fähre tauchte tief in die Wellentäler ein und fing an, unberechenbar zu schlingern. Maike mußte daran denken, daß im Bauch des Schiffes ein ganzer Eisenbahnzug, der von Paris nach Kopenhagen, stand. Das beängstigte sie ein bißchen, warum auch immer.
Sie traf Wolfram Karg auf dem Sonnendeck. Er hatte seinen Cellokasten mit einem Lederriemen über die Schulter gehängt. Außer ihm war hier draußen kein Mensch zu sehen. Kein Wunder bei diesem Wetter.
„Moin“, grüßte sie kühl und gab ihm die Hand ohne zu lächeln.
„Moin, Moin“, erwiderte Karg überschwenglich und strahlte. „Paris-Mailand-New York, alle Menschen wollen uns hören und sehen, es geht los Maike, unser Trip über die Kontinente . . .“
Maike schwieg.
Was hätte sie auch sagen sollen?
Daß es den Auftritt in Kopenhagen nicht gab, daß es ausschließlich ihre Erfindung gewesen sei?
Nein, das hatte noch Zeit.
Allerdings mußte möglichst alles geregelt sein, bis das Schiff auf der anderen Seite angekommen war. Karg schien der Sturm einen Riesenspaß zu bereiten. Jedes Mal, wenn eine Gischtfontäne über das Schiff hinwegspritzte und alles einnäßte, schrie er laut auf vor Vergnügen. Ganz unvermutet zog er Maike am Mantelkragen zu sich heran, was der in höchstem Maße unangenehm

war. Karg mußte laut schreien, um den Sturm zu übertönen:
„Stell' dir mal einen beliebigen Raum vor, in dem sich zwei Körper frei bewegen." Er schaute ihr fest in die Augen. „Wann ist die Chance wohl größer, daß sie sich treffen: Wenn einer starr stehenbleibt und der andere sich chaotisch bewegt, oder wenn sich *beide* chaotisch im Raum bewegen?"
Maike war etwas irritiert.
„Wenn sich beide im Raum bewegen, nehme ich an."
Es war ihr vollkommen egal.
„Falsch!" jubelte Karg. „Genau andersherum. Das haben Wissenschaftler anhand von Computermodellen herausgefunden."
„Und?"
„Und genauso ist es mit dem Glück. Man muß auf das Glück nur warten können, man kann es nicht forcieren. Das Schöne am Glück ist doch, daß es nichts mit Gerechtigkeit zu tun hat. Menschen, die wirklich *gut* sind, haben durch ihr *Gutsein* keinen Anspruch auf Glück und können ihr ganzes Leben nur Pech haben. Glück ist eben für alle da, auch für die *schlechten* Menschen. Und es kommt immer unverhofft, wenn du es erwartest, ist es kein *wahres* Glück mehr."
Maike war überhaupt nicht nach Philosophieren.
„Jaja, *das Unglück kennt keine Spielregeln* !" sagte sie leise. Karg kriegte sich überhaupt nicht mehr ein vor Lachen.
„Wo hast du denn *den* Spruch her?"
Maike Lorenzen schaute auf die Ostsee.
Die Fähre kam wegen des Sturmes nur sehr langsam voran.

„Kopenhagen fällt aus!“ verkündete sie entschlossen.
„Sag’ mal, was ist denn los mit dir, was redest du denn da zusammen? Bist du schlecht drauf oder was?“
„Kopenhagen fällt aus“, wiederholte Maike, aber es klang kraftlos.
Karg packte sie an den Schultern und schüttelte sie.
„Du machst einen Scherz!“
„Ja, einen Scherz . . ., ich will auf jeden Fall, daß wir unsere Leben trennen. Ich bin dir sehr dankbar für das, was du getan hast, aber das ist vorbei. Und vergiß nicht: du hast es freiwillig getan, wir bleiben Fremde.“
Karg begriff zunächst nicht, was Maike gesagt hatte. Er überlegte eine Weile, so, als müsse er erst jedes Wort buchstabieren, um es zu begreifen.
Plötzlich verfinsterte sich sein Gesicht derartig, daß Maike beinahe lachen mußte. Kargs Mienenspiel erinnerte sie an Stummfilme.
Aber er meinte es ernst.
Karg hatte panische Angst davor, daß alles wieder vorbei sein könnte.
Wieder zurück an den Kiosk in der Altonaer Straße.
Mit Säufern herumstehen, die sich ihr Hirn wegsoffen. Denen es auch egal war, wenn sie sich in die Hose pißten. Und ihre immergleichen Geschichten, die sie wieder und wieder erzählten. Frau weggelaufen, in der Firma rausgeflogen und dann nur noch saufen. Karg war einer von ihnen geworden. Erst hatte er sich am Kiosk immer Bier für zuhause geholt. Dann hatte er sich angewöhnt, einen „Jägermeister“ dort zu trinken und erst dann nach Hause zu gehen. Dabei hatte er immer mehr von den Stammkunden kennengelernt.

Irgendwann war er jeden Abend dort hängengeblieben. Zweimal mußten sie ihn mit dem Rettungswagen abtransportieren. Er war jedesmal so betrunken gewesen, daß er gestürzt war und es nicht geschafft hatte, sich mit den Armen abzustützen oder abzurollen.
Beide Male war es der Hinterkopf gewesen.
Und dasselbe Krankenhaus: Uni-Klinik Eppendorf. Wunde nähen und dann ab in die Ausnüchterungszelle. Nach dem letzten Mal gab ihm Heinz, der Inhaber des Kiosks nichts mehr nach dem siebten, achten Bier. Daß immer der Notarztwagen kommen müsse, sei schlecht fürs Geschäft, behauptete er. Seitdem hatte sich Karg immer etwas aus dem Supermarkt besorgt und schon vorher zuhause einige Pils gekippt.
Karg hatte sich überlegt, sich den Dachboden in Maikes Haus als Wohnung auszubauen.
„Du kannst nicht aussteigen, du bist mir etwas schuldig . . .“, giftete er.
Maike schaute wieder aufs Meer.
Sie hätte es sich denken können, mit dem Mann war nicht zu reden. Der würde sie nie mehr in Ruhe lassen, ihr ganzes Leben lang nicht.
Es mußte unbedingt etwas passieren, denn das Schiff näherte sich unaufhaltsam dem Hafen von Rödby. Wenn Karg merken würde, daß es tatsächlich keinen Auftritt in Kopenhagen gab, würde er wahrscheinlich durchdrehen. Maike traute ihm sogar zu, zur Polizei zu gehen. Nur so, weil ihm alles egal war.

Karg rennt hin und her, gestikuliert und brüllt aufgeregt, Maike muß ihn unbedingt erst ein bißchen beruhigen.

Das Schiff taucht wieder einmal tief mit dem Bug ins salzige Wasser ein. Beide sind schon völlig durchnäßt, aber keiner macht Anstalten, nach drinnen zu gehen.
„In Ordnung, ich sehe es ein", beschwichtigt Maike und holt eine Polaroid-Kamera aus der Tasche. „Komm, zeig mal dein Cello, Wolfram!"
Karg bemerkt, daß Maike wieder seinen Vornamen genannt hat.
„Hier an Deck?"
„Ich will ein Photo machen, bitte."
Karg geht zu einer geschützten Ecke neben dem Schornstein und packt sein Cello aus. Das dünne, rotbraune Holz wirkt wie ein Fremdkörper an Deck. Dann preßt er sich dicht mit dem Rücken an die Reling, das Instrument in der Hand.
„Und jetzt das Cello über den Kopf halten, so hoch du kannst."
Maike blickt durch den Sucher.
Dann geht sie freundlich lächelnd auf ihn zu.
„Bleib so!"
Unten das Meer.
Vorher der freie Fall.
Für einen kurzen Moment ist Maike *außer sich*.
Eine Sekunde, vielleicht zwei.
Sie geht vor Karg auf den Boden und tut so, als ob sie sich die Schuhe zubinden will. Dann packt sie ihn fest an den Knöcheln und zieht sie nach oben.
Karg verliert sofort den Halt.
Weil er das Cello mit ausgestreckten Armen über seinem Kopf hält, liegt der Schwerpunkt ganz hinten. Er kann sich so schnell auch nirgends festhalten.

Es geht ganz leicht, wegen der Hebelwirkung.
Das einzige, was Maike sieht, sind die Hosenbeine und die Slipper, die in der See verschwinden.
Kein Schrei, nur der Sturm, immer noch dieser tosende Sturm und das kämpfende Schiff.

Flemming Lenffer hat alle Räume des Schiffes abgesucht. Maike und Karg müssen wohl draußen sein. Am Heck der Fähre stehen zwei Jungen.
Der eine schaut gerade durch ein Fernglas auf die See.
„Guck mal, da schwimmt ein Cello!" sagt er.
„So ein Quatsch, Cellos schwimmen doch nicht so einfach in der Ostsee!" entrüstet sich der andere, der ein bißchen älter ist und reißt das Fernglas an sich.
„Gib mal her . . ., ich kann kein Cello erkennen . . .oh, doch, tatsächlich . . .jetzt taucht es weg!"
Flemming starrt die Jungen an und rennt aufs Oberdeck.
Maike wirft gerade den Cellokasten über Bord.
Flemming bleibt auf der Treppe stehen.
Maike wird blaß, als sie ihn sieht.
„Flemming . . .?" flüstert sie, heiser vor Schreck.
Flemming flüchtet nach unten.
Maike verläßt das Sonnendeck so schnell sie kann. Sie muß sich stark darauf konzentrieren, nicht auszurutschen, denn der Boden ist glitschig und die Bewegungen des Schiffes unberechenbar. Sie kauft in der Cafeteria ein Lachsbrötchen, schlingt es in sich hinein und trinkt dazu ein Glas kalifornischen Rotwein. Irgendwann wird Flemming schon wieder auftauchen, denkt sie.
In der Cafeteria spielt eine französische Schulklasse zwischen den eng zusammengepferchten Passagieren

„Ticker". „Touché!" schreit ein Kleiner neben ihr und reibt sich die Brust, als ob er dort verletzt worden wäre. Maike übt sich in Geduld. Autofahrer und Bahnreisende werden das erste Mal aufgefordert, sich wieder auf ihren Platz zu begeben. Die Ansage wird erst in dänisch, dann in deutsch und zum Schluß in französisch wiederholt. Das Französisch der Sprecherin ist stark dänisch eingefärbt; die Schulkinder aus Frankreich versuchen dies nachzuäffen.
Auch auf der Rückfahrt nach Puttgarden sucht Maike das ganze Schiff nach Flemming ab.
Vergeblich.
Sie fängt an, zu zweifeln, ob es überhaupt Flemming war, den sie gesehen hat.

Zurück auf dem Bahnhofsvorplatz in Puttgarden bekommt sie einen gewaltigen Schreck: Kargs Panda ist umringt von Polizisten in Zivil und Uniform!
Ein paar Schaulustige stehen drumherum.
„Dieser Wolfram Karg ist auf *jeden Fall* an Bord gegangen. Die dänischen Kollegen auf der anderen Seite sind schon informiert. Den kriegen wir ganz sicher!" sagt ein Zivilpolizist zu seinem Kollegen, der gerade auf dem Rücksitz des Pandas nach Spuren sucht.
„Es ist auf jeden Fall derselbe Wagen, den der Botendienst zu Robert Vogel geschickt hat. Rufst du Dr. Brockstedt in Kiel an?" antwortet der aus dem Wagen.
Karg wird also gesucht, registriert Maike.
Und Brockstedt hat sich bereits eingeschaltet.
Maike weiß, er wird sie decken, das *muß* er tun.
Wenn sie verhaftet werden würde, wäre auch *er* dran.

Er wird die ganze Staatsmacht einsetzen, um das zu verhindern.
Ihr Vater.
Ihr Vater wird alles für sie tun.
Er gibt ihr Sicherheit.
Das erste Mal bekommt sie ein Gefühl von Nähe zu ihm.
Ein flaschengrüner, 130iger Volvo-Amazon rollt auf sie zu.
Kennzeichen „NF“, das ist ihr Wagen!
Flemming sitzt am Steuer.
Maikes Blutdruck schnellt hoch.
Woher hat Flemming den Wagen? Hat Karg ihm den gegeben?
Flemming öffnet ihr die Beifahrertür und schaut dann wieder nach vorne.
„*Ich fahre*!“ sagt Flemming in einem Tonfall, der bei Maike überhaupt keinen Zweifel aufkommen läßt.
Maike zögert einen Moment und setzt sich seufzend auf den Beifahrersitz. Flemming fährt los, bevor sie noch richtig die Tür verschlossen hat.
Maike denkt die ganze Fahrt über an Karg und hofft, auch einmal auf dem Höhepunkt des Glücks so lautlos sterben zu dürfen.

Volkmar Nebe

Am 23. Mai 1960 wurde ich in Kiel geboren und bin dort auch aufgewachsen. Nach dem Abitur leistete ich meinen Zivildienst im Gotteskoog (Nordfriesland) und Flensburg ab. Danach lebte ich knapp zwei Jahre in Schönhagen (Schwannsen). Gerade die Landschaft im nördlichen Landesteil Schleswig hat mich immer wieder zu kreativer Arbeit inspiriert. Zum Krimi-Schreiben bin ich über mein anschließendes Musikstudium in Oldenburg i. O. gekommen: Ich habe schwerpunktmäßig Filmmusik studiert und mich viel mit Filmen von Hitchcock und anderen Komponisten und Regisseuren seines Genres beschäftigt. Und da Filmmusik immer eingebunden ist in die Gesamtdramaturgie eines Films, war auch die Beschäftigung mit dem Aufbau der „Story" und der Bildabfolge notwendig. Natürlich war ich zudem immer begeisterter Krimi-Leser. 1990 arbeitete ich das Konzept einer Kurz-Krimi-Serie (mit Musik) für den Hörfunk aus, die seit Anfang 1991 im NDR-Welle Nord regelmäßig gesendet wurde (Sprecher: Friedrich Schütter).

Ansonsten arbeite ich als Musiker (Piano) und Komponist (Filmmusik, Bühnenmusik, Salonmusik, Kunstinstallationen) in Hamburg.

1991 erschien mein erstes Buch: „*Tatort Schleswig-Holstein*", Kriminalstories aus der NDR WELLE NORD — Serie im Verlag Michael Jung, Kiel.